Analyse d'œuvre

Rédigée par Camille Fraipont

Si c'est un homme

de Primo Levi

PRIMO LEVI

- Né en 1919 à Turin (Italie).
- Mort en 1987 dans la même ville.
- **Quelques-unes de ses œuvres :**
    - *Se questo è un uomo* (*Si c'est un homme*, publié en 1947)
    - *La tregua* (*La Trêve*, publiée en 1963)
    - *I sommersi e i salvati* (*Les Naufragés et les Rescapés*, publié en 1986)

Primo Levi naît à Turin en 1919. Élève brillant, il passe sa scolarité dans le lycée classique d'Azeglio, et entre ensuite à l'université de Turin. En 1941, il sort diplômé en chimie avec la plus haute mention. Cependant, comme il est noté sur son diplôme qu'il est « de race juive », Primo Levi ne trouve pas d'emploi à la hauteur de sa formation, et est contraint de se satisfaire d'un poste dans une mine d'amiante. En 1942, son travail de recherche dans la carrière étant terminé, il part tenter sa chance à Milan où il intègre une firme suisse de médicaments.

Un an plus tard, alors que la Seconde Guerre mondiale (1939-1945) fait rage, Primo Levi doit se cacher avec sa mère et sa sœur dans la Vallée d'Aoste afin de ne pas être pris par les Allemands. Avec quelques camarades, il décide de prendre le chemin des Alpes et de rejoindre le mouvement politique *Giustizia e Libertà* (« Justice et Liberté ») qui s'oppose au fascisme. Mais il est attrapé par la milice fasciste et est aussitôt transféré dans le camp de prisonniers de guerre de Fossoli, où il reste deux mois. En février 1944, il est transféré à Monowitz où il ne sera libéré qu'à la fin de la guerre, en janvier 1945.

Il consacre ensuite son temps à l'écriture de romans. La plupart de ses écrits relèvent du corpus testimonial et se rapportent plus ou moins directement au système concentrationnaire et génocidaire. En racontant ce qu'il a vécu, Primo Levi souhaite avant tout rendre compte de la cruelle vérité des camps de concentration et d'extermination. C'est également un moyen de ne pas oublier ce qu'il s'est passé afin que l'histoire ne se répète pas.

Mais, dans le monde littéraire, le témoignage n'est pas considéré comme faisant partie de la littérature au sens premier du terme. Levi décide donc de publier un recueil de récits de science-fiction, *Storie naturali* (*Histoires naturelles*, 1966), sous le nom de plume de Damiano Malabaila afin de se distancier de son œuvre testimoniale et de se voir accorder le statut d'écrivain.

Il décède quelques années plus tard après avoir chuté dans l'escalier de son immeuble. Selon le médecin légiste, il s'agirait d'un suicide.

SI C'EST UN HOMME

- **Genre :** Récit-témoignage.
- **1ʳᵉ édition :** *Se questo è un uomo*, Torino, Francesco De Silva, 1947, 200 p.
- **Édition de référence :** *Si c'est un homme*, traduit de l'italien par Martine Schruoffeneger, Paris, Pocket, 2005, 314 p.
- **Personnages principaux :**

  - Alberto, ami de Primo Levi au Lager.
  - Lorenzo, ouvrier au Lager. Il permet à Levi de ne pas oublier qu'il est un homme.
  - Jean dit le Pikolo, jeune homme français à qui Levi donne une leçon d'italien qui se révèle être salutaire pour le détenu.

- **Thématiques principales :** la Shoah, l'identité juive, le nazisme, la déshumanisation et la barbarie.

La guerre finie, Primo Levi commence à écrire pour témoigner de l'horreur qu'il a vécue dans le *Lager* (« camp » en allemand) nazi de Monowitz-Buna, situé non loin d'Auschwitz. En 1947, il publie *Se questo è un uomo*, traduit pour la première fois en français en 1987. Cet ouvrage est l'un des premiers à fournir un témoignage sur la vie à Auschwitz. S'il marque par la suite profondément la littérature d'après-guerre, le roman passe tout d'abord inaperçu, perdu dans l'abondante littérature relative aux camps de concentration et aux persécutions raciales ayant eu lieu durant la guerre. Mais l'auteur ne lâche rien et, en 1958, *Se questo è un uomo* fait l'objet d'une seconde publication, après une réécriture complète de l'œuvre.

C'est que Primo Levi a à cœur de partager son expérience afin que l'on n'oublie jamais ce qu'il s'est passé pendant ces longues années de guerre. Le témoignage qu'il offre dans le roman est une longue médi-tation sur le travail d'anéantissement de la personnalité humaine réalisé par les nazis, lequel constitue l'objectif premier des camps d'extermination. Ainsi que l'auteur l'écrit dans la préface de 1947, « [p]uisse l'histoire des camps d'extermination retentir pour tous comme un sinistre signal d'alarme » (p. 8).

LA VIE DE PRIMO LEVI

Portrait de Primo Levi.

UN GOÛT CERTAIN POUR LA SCIENCE

Primo Levi grandit en Piémont dans une famille juive cultivée. Son grand-père est ingénieur, ainsi que son père, Cesare Levi. Bien que 41 ans les séparent, Primo Levi entretient avec lui une relation forte et n'hésite pas à se confier à lui. C'est d'ailleurs à son père qu'il doit sa passion pour les sciences. Il peut également compter sur sa petite sœur avec laquelle il partage un lien indéfectible, basé sur la compréhension et l'attachement réciproque. Leur entente est telle que les deux enfants mettent au point un langage codé, compréhensible uniquement d'eux.

Son père possédant une riche bibliothèque, Primo s'intéresse très tôt aux livres. Les aventures fantastiques de Jules Verne (1828-1905), avec leur fond scientifique, passionnent le jeune garçon, ainsi que les livres de l'astronome français Camille Flammarion (1842-1925).

Porté par sa passion pour les sciences, c'est tout naturellement qu'il choisit de mener des études de chimie en 1937. Sa première année universitaire se passe sans encombre tant sur le plan de la réussite que sur celui de l'intégration : Levi entretient de bons rapports avec ses camarades, juifs et non juifs. Mais, un an plus tard, la campagne antijuive se développe en Italie et les lois raciales fascistes sont promulguées après la visite d'Hitler (1889-1945) à Mussolini (1883-1945).

Après ses études, Levi travaille de façon semi-clandestine dans le laboratoire de chimie d'une mine d'amiante près de Lanzo afin de subvenir aux besoins de sa famille. L'état de santé de son père, atteint d'une tumeur, s'aggrave soudainement et, alors que Levi est en route pour se rendre au chevet de celui-ci, il décède.

LES ANNÉES SOMBRES

En 1943, Levi, opposant au fascisme, rejoint un groupe de partisans du mouvement *Giustizia e Libertà*. Mais, le 13 décembre de la même année, il se fait arrêter et interner au camp de Fossoli, près de Modène. En 1944, les Allemands investissent le camp de Modène et déportent Primo Levi à Auschwitz, en tant que citoyen italien de race juive. Apte au travaille, il est d'abord affecté au camp de Monowitz où il doit accomplir des travaux physiques extrêmement durs. Il intègre ensuite le laboratoire de chimie de la Buna, une usine appartenant au groupe allemand IG Farben. Les détenus, qui sont perçus comme de la main-d'œuvre bon marché, doivent produire du caoutchouc synthétique, une matière qui manquait cruellement aux Allemands durant la guerre. Grâce à son affectation dans le laboratoire et à l'aide apportée par un ouvrier italien de l'usine, Levi parvient à survivre jusqu'à l'évacuation du camp. Atteint de scarlatine, il ne peut participer à la marche de la mort dans laquelle des milliers d'hommes sont contraints par les nazis d'évacuer les camps alors que les Alliés se rapprochent de plus en plus. Jugé trop faible, il reste avec les autres malades dans le camp déserté par les Allemands jusqu'à la libération par l'Armée rouge.

Libéré par les Russes le 27 janvier, Levi séjourne pendant quelques mois dans le camp de transit soviétique de Katowice, en Pologne. Son voyage de retour en Italie, commencé en juin, ne s'achève qu'en octobre, après un long et exténuant périple qui le conduit jusqu'en Russie blanche (l'actuelle Biélorussie), et qu'il relatera dans *La tregua*. Ayant atteint Turin le 19 octobre, il retrouve sa maison et sa famille.

RACONTER POUR NE PAS OUBLIER

À son retour, Primo Levi n'a plus qu'une idée en tête : écrire pour raconter ce qu'il a vécu. En 1947, il soumet son manuscrit *Se questo è un uomo* au grand éditeur turinois Einaudi, qui le refuse. En revanche, l'éditeur De Silva accepte de tirer 2 500 exemplaires, mais le livre ne rencontre pas le succès espéré. Levi se consacre alors à sa vie familiale et professionnelle dans l'usine de peinture et de vernis SIVA, dont il deviendra le directeur.

En 1956, à l'occasion d'une grande exposition à Turin pour le dixième anniversaire de la libération des camps, *Se questo è un uomo* est publié à nouveau par Einaudi.

En 1963, paraît un second ouvrage autobiographique, *La tregua*, qui raconte son périple de retour, ses expériences et les multiples rencontres qu'il a faites en cours de route. Il s'adonne dès lors de plus en plus à l'écriture, puisant son inspiration dans son expérience de la déportation, mais aussi dans sa passion pour les sciences. Paraissent ainsi en 1967 *Storie naturali* (*Histoires naturelles*) et en 1971 *Vizio di forma* (*Vice de forme*).

En 1975, Primo Levi, alors retraité, témoigne dans les écoles de son expérience concentrationnaire et répond aux nombreuses questions des élèves. L'édition de *Se questo è un uomo* de 1976 reprend en appendice l'essentiel des questions posées et des réponses données. Ses publications se font de plus en plus nombreuses : *Il sistema periodico* (*Le Système périodique*, 1975), *La chiave a stella* (*La Clé à molette*, 1978) ou encore *Se non ora, quando ?* (*Maintenant ou jamais*, 1982), romans qui traitent tous de la guerre et du monde juif.

En 1986, il revient à nouveau sur sa douloureuse expérience des camps en publiant un essai auquel il donne le titre *I sommersi e i salvati* (*Les Naufragés et les Rescapés*), qui était à l'origine destiné à intégrer son premier roman, *Se questo è un uomo*. Un an plus tard, le récit autobiographique de Levi paraît en français sous le titre *Si c'est un homme*.

Levi est très affecté par la montée du révisionnisme en Allemagne et en France. L'ignorance et l'indifférence constatées lors de ses interventions auprès des jeunes le blessent également. De plus en plus déprimé, il se serait suicidé sans laisser d'explication, le 11 avril 1987, en se jetant de la cage d'escalier du troisième étage de son immeuble.

RÉSUMÉ DE *SI C'EST UN HOMME*

Si c'est un homme est un récit autobiographique. Alors qu'il a tout juste 24 ans, Primo Levi est capturé par une milice fasciste et est déporté dans le camp de Monowitz (Auschwitz III), où il reste de février 1944 à janvier 1945.

C'EST CELA, L'ENFER !

En février 1944, Primo Levi et 650 autres juifs italiens sont déportés en Pologne au camp d'Auschwitz. D'emblée, il raconte ce long voyage de 15 jours vécu dans la promiscuité, tous assaillis par la faim et la soif.

À l'arrivée, il découvre l'inscription « *Arbeit Macht Frei* » (« Le travail rend libre ») située au sommet de la porte, alors qu'une dizaine de SS trient les déportés par sexe, âge et état de santé général. Levi, placé dans le groupe des hommes valides, est envoyé au camp de travail de Monowitz. Les prisonniers choisis pour le travail y subissent une séance de désinfection et sont dépossédés de tous leurs biens. Ils perdent jusqu'à leur prénom et reçoivent en échange un numéro que les Allemands leur tatouent sur le bras. Les femmes, les enfants et les vieillards partent, quant à eux, directement dans les chambres à gaz. L'expression « toucher le fond » (p. 34) prend alors tout son sens.

Le travail dans l'usine est épuisant et dangereux. Un jour, Levi se blesse au pied et est emmené au K.B. (abréviation de *Krankenbau*, c'est-à-dire « l'infirmerie ») où il reste 20 jours. Un soir, deux SS font une descente et Levi craint d'être choisi pour être envoyé dans la chambre à gaz, mais c'est finalement l'un de ses camarades qui est désigné. La vie au K.B. est physiquement moins éprouvante que celle dans le Lager, mais psychologiquement plus difficile à supporter. L'absence de travail et l'oisiveté laissent en effet le temps aux blessés de penser à leur condition et de se souvenir de tout ce qu'ils ont perdu. À sa sortie de l'infirmerie, il est réaffecté au block 45 où il retrouve son ami, Alberto.

Afin que le lecteur comprenne mieux la réalité de la vie au camp, Levi tente de décrire les nuits de cauchemar que lui et tous ses camarades connaissent, avec ses alternances de sommeil, de veille et d'angoisse. Il évoque également le rêve que tous les détenus font : celui de manger.

Peu à peu, Primo Levi s'interroge sur la condition humaine et pose comme constat le fait que les détenus se divisent en deux catégories : les élus et les damnés. Les élus, également appelés « prominents » (du mot allemand *prominenten* qui désigne les fonctionnaires du camp), sont ceux qui survivront, tandis que les damnés, également appelés « musulmans », sont voués à la mort.

Au fil des jours et à mesure que l'humiliation se fait plus forte, le moral des détenus vacille. C'est toute leur humanité qui s'échappe peu à peu. Ainsi, lorsqu'ils assistent certains soirs à la pendaison d'autres prisonniers, ils se montrent passifs et résignés. Remarquant cela, Primo Levi se sent honteux. Il lui est désormais devenu difficile de dissocier le bien du mal : « Que pouvaient bien justifier au Lager des mots comme "bien" et "mal", "juste" et "injuste" ? » (p. 132)

Après trois mois passés au camp, Primo Levi et Alberto sont pressentis pour intégrer le Kommando de chimie. Mais, avant, ils doivent subir un interrogatoire mené par le Dr Pannwitz, chargé d'analyser leurs compétences. Au cours de cet examen, Levi constate que ses souvenirs de chimiste sont restés intacts et se sent redevenir lui-même. Il lui faut cependant supporter le regard blessant et humiliant que le Dr Pannwitz pose sur lui. Finalement, Primo Levi est retenu pour travailler dans le laboratoire de chimie. Il jouit dès lors de quelques privilèges accordés aux ouvriers spécialisés, comme le fait d'avoir des vêtements et des sous-vêtements neufs, d'être rasé une fois par semaine, et surtout, de profiter de la chaleur du laboratoire, car l'hiver au Lager est redoutable et est synonyme de souffrance, voire de mort pour les plus faibles d'entre eux. Mais, en contrepartie, il doit subir chaque jour le regard méprisant des Allemandes et Polonaises qui travaillent avec lui. Son travail est routinier et consiste à déplacer des blocs de fonte de plusieurs tonnes. Le seul moyen d'échapper partiellement à ce rythme infernal est de se rendre aux latrines.

LE CAMP, LIEU D'APPRENTISSAGE DE LA SURVIE

Primo Levi décrit la structure du camp, son règlement, le processus d'intégration et le rythme des journées. Il relate également la dureté et la violence qui règnent dans cet endroit dont la règle essentielle est qu' « en ce lieu, tout est interdit » (p. 38). Cela n'empêche toutefois pas les détenus à se livrer à des trafics de certains objets et au vol. Il existe d'ailleurs au sein du camp une sorte de marché noir où tout s'achète et se troque.

Malgré les terribles conditions de vie et le traitement subi par les détenus, Levi trouve des moyens pour vaincre l'inhumanité du camp et rester un homme. Ainsi, grâce à sa rencontre avec un dénommé Steinlauf, il comprend l'importance de certains gestes et d'actions qui pourraient sembler tout à fait anodins, tels que se laver, cirer ses chaussures, avoir un uniforme soigné, etc. « C'est justement parce que le Lager est une monstrueuse machine à fabriquer des bêtes, que nous ne devons pas devenir des bêtes. » (p. 57)

Levi fait également la rencontre de Jean, un jeune juif alsacien qui occupe le poste de *pikolo*, c'est-à-dire de scribe. Ensemble, ils sont chargés d'aller chercher la marmite de soupe. Cette activité est l'occasion d'un échange salutaire entre les deux hommes. En effet, Jean a envie d'apprendre l'italien et Primo se propose de lui donner une première leçon. Celui-ci s'enthousiasme à réciter et à expliquer un passage de *L'Enfer* de Dante qu'il aime particulièrement. Cette évocation est, pour lui, la preuve du pouvoir de la langue et de la poésie : « L'espace d'un instant, j'ai oublié qui je suis et où je suis. » (p. 176)

L'HUMANITÉ PLUS FORTE QUE LA BESTIALITÉ

Levi, au contact de Lorenzo, un maçon italien, comprend que, malgré la sauvagerie du camp, la bonté humaine peut subsister. Lorenzo va, en effet, aider Levi à survivre pendant plusieurs mois en lui offrant du pain et de la soupe. Chez lui, « son humanité était pure et intacte, il n'appartenait pas à ce monde de négation » (p. 190).

Quand, en janvier 1945, Levi contracte la scarlatine et est transféré dans la baraque des contagieux, il découvre Charles et Arthur, des prisonniers politiques lorrains. C'est avec eux qu'il va passer les dix derniers jours du camp. Les Russes approchant, les Allemands partent, abandonnant sur place les malades les plus faibles. Du 18 au 27 janvier 1945, ceux-ci s'entraident comme ils peuvent et partagent la nourriture qui subsiste : « Ce fut là le premier geste humain échangé entre nous. Et c'est avec ce geste, me semble-t-il, que naquit en nous le lent processus par lequel, nous qui n'étions pas morts, nous avons cessé d'être des Häftlinge [« prisonniers » en allemand] pour apprendre à redevenir des hommes. » (p. 250)

L'ŒUVRE EN CONTEXTE

LES DATES CLÉS DE LA SHOAH

C'est en janvier 1933 qu'Adolf Hitler devient chancelier de l'Allemagne. Profitant du contexte de crise, il a su peu à peu grimper les échelons pour atteindre le sommet du pouvoir. Le 21 mars 1933, le Gouvernement d'union nationale qu'il préside décide la construction de camps de concentration afin d'y enfermer les opposants au IIIᵉ Reich et tous ceux qui ne correspondent pas à l'idéal allemand tel que défini par le Führer. Le premier camp est ouvert à Dachau le 30 mars et, à la fin de l'année 1933, on en compte une centaine dans toute l'Allemagne.

Le 15 septembre 1935, le Gouvernement promulgue des lois raciales visant notamment à conserver la pureté de la race aryenne. Dès lors, les juifs sont privés de leurs droits civiques.

Du 9 au 10 novembre 1938 a lieu la « Nuit de cristal » en Allemagne, véritables prémices de la Shoah. Cette nuit-là, des synagogues, des maisons et des commerces juifs sont détruits, et de nombreux juifs sont internés dans les camps de concentration ou sont assassinés. Les responsables nazis présentent cet événement comme la réaction spontanée de la population à la suite de l'assassinat, le 7 novembre, du secrétaire de l'ambassade allemande à Paris par un jeune juif polonais d'origine allemande. Mais le pogrom résulte en réalité d'un ordre donné par Hitler lui-même dans le but de stigmatiser davantage les juifs, de les isoler de la société allemande et de les inciter à quitter le pays.

| Insurrection du ghetto de Varsovie.

Dès le 12 octobre 1939, les premiers juifs autrichiens et tchèques sont déportés vers la Pologne. Au printemps 1940, le camp d'Auschwitz est construit et placé sous la responsabilité du chef des SS, Heinrich Himmler (1900-1945). Deux ans plus tard, les mesures à l'égard des juifs s'intensifient : ils sont désormais obligés de porter l'étoile jaune comme signe distinctif. Et, après avoir déclaré la guerre à l'URSS, Hitler programme l'assassinat de tous les juifs soviétiques.

Le 15 octobre 1941, une première déportation massive des juifs d'Allemagne se fait vers l'est. Deux mois plus tard, le Zyklon B, le gaz utilisé par la suite dans les chambres à gaz, est testé pour la première fois sur des prisonniers du camp d'Auschwitz.

Le 20 janvier 1942 se tient la conférence de Wannsee au cours de laquelle les responsables nazis décident la mise en œuvre de ce qu'ils appellent la solution finale à la question juive. Le plan d'extermination systématique des juifs est rendu possible par la création de camps de mise à mort, mais aussi par la création de chambres à gaz dans lesquelles les nazis tuent les juifs jugés inaptes au travail. Ce sont plus de trois millions de juifs qui sont assassinés.

Ce n'est que le 27 janvier 1945 qu'Auschwitz, le principal camp d'extermination nazi, est définitivement libéré par l'Armée rouge et que le monde entier découvre avec effroi l'horreur des camps.

Survivants du camp de concentration de Mauthausen (Autriche), prise le 7 mai 1945.

Le bilan de la Shoah est extrêmement lourd : on dénombre entre cinq et six millions de juifs assassinés, ce qui représente 40 % de la population juive mondiale. Sur les 1 300 000 personnes déportées à Auschwitz, entre 1940 et 1945, environ 1 100 000 y ont perdu la vie.

LA LITTÉRATURE CONCENTRATIONNAIRE : UN NOUVEAU GENRE

La littérature s'empare de la thématique concentrationnaire quelque temps après la fin de la guerre. Pour les seules années 1945-1947, on compte plus de 100 publications sur le sujet. Les auteurs qui illustrent ce type de littérature ont soit eux-mêmes été emprisonnés dans des camps, auquel cas leurs œuvres prennent la forme testimoniale, soit il s'agit de personnes qui n'y sont jamais allées, mais qui souhaitent tout de même en parler à travers des œuvres d'imagination.

Si certains préfèrent se taire sur ce qu'ils ont vécu, n'étant pas capables de rendre toute l'atrocité des camps ou n'en éprouvant pas le besoin, d'autres ressentent au contraire une envie irrépressible de témoigner. La plupart des témoignages se présentent sous la forme de descriptions objectives, de documents bruts sur la déportation et sur l'extermination des juifs. Ils sont tout d'abord publiés de manière confidentielle, l'opinion publique refusant d'accorder foi à une telle barbarie. D'autres textes se sont toutefois affirmés comme de vraies œuvres littéraires réfléchies et poursuivant une véritable ambition esthétique. C'est le cas notamment de Jorge Semprun (1923-2011), de Robert Antelme (1917-1990) ou encore de Primo Levi.

Dans *Le Grand Voyage* (1963), l'écrivain espagnol Jorge Semprun raconte ainsi son expérience dans le camp de Buchenwald. Il se distingue de la plupart des autres auteurs parce que, s'il raconte l'horreur vécue, ce n'est pas pour témoigner, mais davantage par défi. Après avoir entendu toutes sortes de récits sur les camps qui ne rendaient pas compte de la réalité, celui-ci a donc commencé à écrire pour témoigner au nom et à la place de ceux qui avaient des difficultés à s'exprimer.

Robert Antelme, d'abord détenu au camp de Buchenwald, ensuite à Gandersheim puis à Dachau, est l'auteur de *L'Espèce humaine* (1957), l'un des plus grands chefs-d'œuvre de la littérature concentrationnaire. Le récit d'Antelme diffère de la plupart des témoignages sur le sujet car il adopte un ton proche de l'essai. L'auteur parvient ainsi à ne pas céder à l'émotion et donne à lire une réflexion purement intellectuelle sur l'univers concentrationnaire.

De son côté, Primo Levi soutient dès 1947 la nécessité de témoigner pour survivre :

> « Le besoin de manger et celui de raconter se situaient sur le même plan de primordiale nécessité. J'ai porté à l'intérieur de moi cette impulsion violente, et j'ai écrit tout de suite, dès mon retour. Tout ce que j'avais vu et entendu, il me fallait m'en libérer. De plus, sur le plan moral, civil et politique, raconter, témoigner était un devoir. » (ANISSIMOV (Myriam), *Primo Levi ou la tragédie d'un optimiste*, Paris, JC Lattès, 1996, 698 p.)

Mais, à la fin de la Seconde Guerre mondiale, on refuse d'accorder foi à une telle barbarie, et ce malgré les témoignages des rescapés. Leurs déclarations sont trop dures à entendre et les survivants ne sont guère écoutés. La situation évolue dans les années cinquante. On voit alors émerger la reconnaissance d'une responsabilité collective. Néanmoins, l'existence de camps visant à l'extermination systématique n'est toujours pas admise, malgré les nombreux textes qui paraissent à ce sujet. Dans *Si c'est un homme*, Primo Levi explique pourtant l'importance de cet acte pour les rescapés :

> « Le besoin de raconter aux "autres", de faire participer les "autres", avait acquis chez nous, avant comme après notre libération, la violence d'une impulsion immédiate, aussi impérieuse

que les autres besoins élémentaires ; c'est pour répondre à un tel besoin que j'ai écrit mon livre ; c'est avant tout en vue d'une libération intérieure. » (p. 8)

ANALYSE DES PERSONNAGES

Les personnages évoqués dans *Si c'est un homme* ont réellement existé et ont tous fait l'expérience des camps avec Primo Levi. L'auteur est le personnage principal autour duquel gravitent des personnes avec lesquelles il crée une relation privilégiée. Ces personnages peuvent être scindés en deux groupes : les adjuvants qui, d'une manière ou d'une autre, aident Levi à survivre dans le camp, et les opposants qui font en sorte que la vie au Lager devienne une lutte toujours plus éprouvante.

LES ADJUVANTS

Alberto

À 22 ans, il témoigne de capacités d'adaptation inégalées et sait naturellement se faire respecter. Intrépide, instinctif et intelligent, il comprend « avant tout le monde que cette vie est une guerre » (p. 85). C'est ainsi qu'il découvre « qu'il faut corrompre, qui il faut éviter et à qui il faut tenir tête » (p. 85) pour survivre dans de telles conditions. Pourtant il n'est jamais devenu cynique et reste l'exemple de « l'homme fort et doux » (p. 85). Il est d'une grande aide pour Primo. Ensemble, ils réussissent au fil des semaines à mettre en place un système leur assurant la survie. Alberto et Levi acquièrent en effet une *menaschka*, une gamelle en tôle de zinc qui ressemble davantage à un seau. Grâce à celle-ci, les deux amis améliorent d'une part leur condition matérielle, et d'autre part leur condition sociale puisqu'ils sont désormais respectés par les autres détenus.

Attaché l'un à l'autre, Alberto n'hésite pas à braver l'interdiction d'aller dire au revoir à son ami Levi, avant de disparaître dans la marche de la mort de janvier 1945.

Lorenzo

Lorenzo est un ouvrier civil avec qui Levi travaille dans le laboratoire de chimie de la Buna. Homme simple et bon, il apporte quotidiennement à Levi un complément salvateur de nourriture pendant six mois. Ses attitudes et ses attentions lui permettent de ne pas oublier qu'il est un homme dans un monde où l'humanité a disparu. Dès le 1er janvier 1945, Lorenzo ainsi que les autres employés civils sont libérés. Avant de prendre la route de sa maison, celui-ci se rend à Turin afin d'expliquer à la mère de Levi que son fils a été laissé au camp avec les autres malades le temps qu'il guérisse.

Malgré les années qui passent, il ne peut oublier l'horreur vécue et finit par sombrer dans l'alcoolisme. Levi tente de l'aider en lui trouvant un travail de maçon à Turin, mais celui-ci le refuse, préférant dormir dehors et vivre en toute liberté. Il décède des suites d'une maladie.

Pikolo

Jean Samuel est un étudiant alsacien âgé de 24 ans. Il est raflé par la Gestapo à Dosse avec l'ensemble de sa famille, qui sera entièrement décimée. Les seuls survivants sont Jean et son oncle Maurice qui succombe à la marche d'évacuation. Dans le camp, il est assigné au titre de *pikolo*, « livreur-commis aux écritures, proposé à l'entretien de la baraque, à la distribution des outils, au lavage des gamelles et à la comptabilité des heures de travail du kommando » (p. 168-169). Malgré ce poste très élevé dans la hiérarchie des pro-minents, il est très apprécié de ses camarades. Personnage rusé, il aide autant qu'il le peut les prisonniers. C'est lui qui confie à Levi la charge de l'accompagner chercher la soupe chaque soir afin que celui-ci soit dispensé de son travail pour un temps et puisse s'économiser.

Parfait bilingue français-allemand, Pikolo est avide de connaissance. Il demande à Primo de lui apprendre l'italien et, c'est en récitant « Le Chant d'Ulysse », extrait de *La Divine Comédie* de Dante que ce dernier lui donne sa première leçon.

Steinlauf

Ex-sergent de l'armée austro-hongroise, Steinlauf est un homme doté d'une grande volonté. Il permet à Levi de prendre conscience que dans cette « monstrueuse machine à fabriquer des bêtes » (p. 57), on peut survivre en restant digne, en gardant le sens de la propreté et en se tenant droit.

Chajim

Chajim est un juif polonais très religieux. Horloger avant d'être emprisonné, il travaille dans la mécanique de précision à la Buna. Dans le K.B., il est le compagnon de couchette de Levi et celui-ci a une confiance aveugle en lui.

Charles et Arthur

Charles et Arthur sont deux prisonniers français arrivés tardivement au camp et avec lesquels Levi passe les dix derniers jours du Lager. Ensemble, ils s'aventurent dans le camp déserté, récupèrent un vieux poêle en fonte et parviennent à le faire fonctionner, ce qui permet à une partie de la chambrée de s'en sortir. Ensemble, ils forment un groupe et tentent de créer de véritables relations humaines pour « redevenir des hommes » (p. 250).

Après la libération, Arthur rentre chez lui. Charles et Levi se retrouvent en 1951.

LES OPPOSANTS

Le Lager

Bien qu'il ne s'agisse pas d'un personnage en tant que tel, le camp de travail constitue pourtant l'opposant principal. C'est un lieu que Levi personnifie et qu'il perçoit comme un être vivant dévoreur d'hommes. Le vocabulaire utilisé par l'auteur va dans ce sens : « Le Lager est la faim [...] La benne, suspendue aux câbles, ouvre toutes grandes ses mâchoires dentées [...] et mord [dans la terre] avec voracité. » (p. 112) La personnification est visible tout au long du roman comme en témoigne la disparition du Lager à la fin du roman : « Le Lager venait de mourir, et il montrait déjà les signes de la décomposition. » (p. 247)

Les Kapos

Les Kapos sont des prominents désignés par les SS aux tâches ingrates et abjectes comme celles de distribuer des coups aux prisonniers, de faire l'appel et de réprimander les retardataires, ou encore de décider qui aura droit à quelle quantité de soupe.

Il existe une véritable hiérarchie dans le camp : il y a d'une part les *Häftlinge* (« détenus ») ordinaires, et d'autre part les prominents. Parmi ces derniers, certains détiennent des fonctions plus importantes que les autres et portent le nom de Kapos. Étant parvenus à se hisser au-dessus de la majorité des détenus et à se positionner comme figure d'autorité, ils possèdent une baraque, le block 49, qui leur est exclusivement réservée. Certains Kapos usent et abusent de leur supériorité et humilient gratuitement les prisonniers.

Les Triangles verts

Les Triangles verts n'ont pas été internés dans le camp pour des raisons politiques, mais pour avoir commis des crimes. Leur nationalité allemande leur donne une supériorité sur les autres détenus et sont, de ce fait, les véritables maîtres du camp. Ils portent tous comme signe distinctif un triangle vert cousu sur leur combinaison, alors que les prisonniers politiques portent eux un triangle rouge.

Le Doktor Pannwitz

Directeur du laboratoire, le Doktor Pannwitz est un personnage sans humour qui recrute les analystes pour la section de polymérisation. Il possède le physique classique de tout Allemand : il est « grand, maigre, blond, [...] a les yeux, les cheveux et le nez conforment à ceux que tout Allemand se doit d'avoir » (p. 163). C'est un SS très cruel qui incarne la haine éprouvée par les Allemands à l'égard des juifs.

Alfred L

Homme robuste d'une cinquantaine d'années, Alfred L est un homme doté d'une grande intelligence, méthodique et discipliné. Il devient prominent, c'est-à-dire fonctionnaire, à force de privation volontaire, de ténacité et d'arrivisme. Aussi, n'hésite-t-il pas à écraser ceux qui entravent ses projets.

Elias Lindzin

Elias Lindzin est un nain à la musculature très développée qui possède la force d'un animal. On ne sait rien de ses origines. C'est un être totalement inadapté à la vie normale, mais il se fond à la perfection dans le monde du Lager, puisque le camp ne laisse aucune place à la normalité. Voleur et déséquilibré, il est un pur produit du camp, dont la folie cristallise la démence générale de l'univers concentrationnaire.

Henri

Henri est arrivé à Auschwitz-Monowitz peu avant Primo Levi. La mort de son frère survenue dans le Lager lui fait perdre tout lien d'affection. Il reste toutefois lucide quant à sa survie, et devient un trafiquant aussi intéressant qu'inquiétant, capable d'instrumentaliser toutes les personnes qu'il rencontre.

Ainsi, l'expérience concentrationnaire met en lumière la persistance de l'humanité chez les uns et la dégradation morale chez les autres.

ANALYSES DES THÉMATIQUES

Dans ce récit autobiographique, Primo Levi nous invite à mener une réflexion sur l'homme, son identité et ses valeurs. Son expérience au Lager lui a en effet permis d'observer ce dont les êtres humains sont capables lorsqu'ils sont soumis à des conditions de vie exceptionnelles. Ainsi, « [...] le Lager a été, aussi et à bien des égards, une gigantesque expérience biologique et sociale », écrit-il au chapitre 9 (p. 133).

LA DÉSHUMANISATION

La thématique de la déshumanisation apparaît dès le titre. L'utilisation du pronom démonstratif neutre italien *questo*, qui signifie « ceci », pour désigner l'homme, alors qu'il devrait normalement se rapporter à un objet, annihile son humanité. Mais, plus encore, il pose une question fatidique : sont-ils toujours des hommes ?

Dès le premier chapitre, Primo Levi souligne le sort exceptionnel et inédit réservé aux déportés. Ce ne sont en effet pas des prisonniers ordinaires qui auraient été jugés par la société à la suite d'un crime qu'ils auraient commis. Au contraire. Les déportés ont comme seul tort d'être juifs. N'ayant rien fait de répréhensible, leur châtiment leur est incompréhensible : « Et puis, finalement, de quoi aurions-nous dû nous repentir ? Qu'avions-nous à nous faire pardonner ? » (p. 15)

À leur arrivée dans le camp, ils sont dépossédés de tous leurs biens : on leur prend leurs papiers, leurs vêtements, leurs bijoux, bref tout ce qu'ils portent sur eux. Les tortionnaires leur rasent ensuite le crâne, leur font revêtir un uniforme rayé et leur tatouent un numéro sur le bras qui devient leur seule appellation. Ils n'ont plus ni nom ni prénom, et deviennent de ce fait tous identiques : « Il n'y a pas de miroir, mais notre image est devant nous, reflétée par cent visages livides, cent pantins misérables et sordides. » (p. 33)

| Chaussures des victimes d'Auscwhitz.

Les détenus sont séparés de tous ceux qu'ils aiment et perdent donc tous leurs repères. En outre, les Allemands ne répondent à aucune de leurs questions et ne leur adressent la parole que pour leur hurler des ordres : « [...] l'interprète interrogea l'Allemand, et l'Allemand, qui fumait toujours, le traversa du regard comme s'il était transparent, comme si personne n'avait parlé. » (p. 27) Les prisonniers plus anciens ne parlent pas davantage, par peur des représailles et par manque de force :

> « Puis la porte s'ouvre, un garçon en costume rayé entre, petit, maigre [...] Il parle français ; nous nous précipitons sur lui à plusieurs, le submergeant de toutes les questions que nous nous sommes jusque-là vainement posées [...] Mais il n'a pas envie de parler ; ici, personne ne parle volontiers. » (p. 37)

En outre, tout au long de l'expérience concentrationnaire, les SS cherchent par tous les moyens à participer à la désinformation. Les détenus ne peuvent donc compter que sur des rumeurs, des on-dit, et, ne voyant rien arriver, l'espoir que font naître certaines informations finit par s'éteindre : « Les bruits qui couraient au chantier, du débarquement en Normandie, de l'offensive russe et de l'attentat manqué contre Hitler, avaient fait jaillir en nous des espoirs violents, mais éphémères. » (p. 181)

LES FORMES DE LA DÉSHUMANISATION

L'absence de sentiments

Au cours de leur enfermement au Lager, les détenus perdent la capacité d'éprouver des sentiments de pitié, de solidarité et même d'amitié à l'égard des autres individus. Plongés dans des conditions de vie extrêmes, la plupart des prisonniers ne vivent plus que pour eux-mêmes et n'osent pas venir en aide aux personnes en difficulté, craignant les conséquences que cela aurait sur leur survie. Les hauts dignitaires nazis sont totalement dénués de sentiments humains et les prominents, par leur accession à un statut supérieur, perdent tout sens moral et toute solidarité envers leurs camarades.

Un groupe révélateur de cette disparition des sentiments est celui des musulmans. Ils comptent parmi les hommes les plus faibles et ont perdu toute dignité. Ils n'ont plus la force de lutter contre les coups et se laissent mourir. C'est notamment le cas de Null Achtzehn (« 018 »), un jeune adolescent qui semble dépourvu de toute vie : « Sa voix, son regard donnent l'impression d'un grand vide intérieur. » (p. 60)

Cependant, au terme de l'œuvre, l'humanité finit par triompher. Au cours de cette lutte difficile, l'homme égaré triomphe. En effet, l'ouvrage se termine par sa résurrection, visible à travers le retour du partage et la prise en compte de l'autre.

La bestialisation

La déshumanisation est renforcée par le fait que les détenus sont considérés comme du bétail. Ils sont mis dans une situation identique à celle des animaux menés à l'abattoir :

> « [I]l ne s'agit plus seulement de mort, mais d'une foule de détails maniaques et symboliques visant [...] à prouver que les Juifs, les Tziganes et les Slaves ne sont que bétail, boue, ordure. Qu'on pense à l'opération de tatouage d'Auschwitz, par laquelle on marquait les hommes comme des bœufs, au voyage des wagons à bestiaux qu'on n'ouvrait jamais [...], au fait qu'on ne distribuait pas de cuillère [...], les prisonniers étant censés laper leur soupe comme des chiens [...]. » (p. 307)

La perte du langage contribue également à retirer aux prisonniers leur personnalité. Les détenus étant issus de toute l'Europe, ils ne parlent pas la même langue et sont donc contraints d'évoluer « dans une sorte de Babel [...] où tout le monde hurle des ordres et des menaces dans des langues parfaitement inconnues » (p. 53). Cette perte de la langue joue un rôle primordial dans la déconstruction humaine. D'une part les détenus ne se comprennent pas les uns les autres, d'autre part les SS les « entendent parler toutes sortes de langues qu'ils ne comprennent pas et qui leur semblent aussi grotesques que des cris d'animaux » (p. 188).

Le champ lexical lié à la bestialité domine dans l'œuvre. Primo Levi montre les détenus transformés en « bêtes fourbues » (p. 62), en « bêtes battues qui ne réagissent plus aux coups » (p. 184), en « immense troupeau silencieux » (p. 185). En outre, ils se voient dépouillés de leurs attributs d'humanité : « [...] beaucoup, bestialement, urinent en courant pour gagner du temps. » (p. 54)

Les souffrances physiques

Les conditions de vie des prisonniers sont dures et inhumaines. Les traitements qui leur sont réservés sont source de nombreuses souffrances. Leurs journées de travail sont soutenues par un rythme effréné, et, si l'un d'eux flanche, il est battu. Lorsqu'ils se blessent ou tombent malades, ils sont envoyés à l'infirmerie (K.B), où ils ne peuvent séjourner plus de deux mois. Au-delà de cette période, s'ils ne sont pas remis sur pied, ils sont conduits à la chambre à gaz où ils sont exécutés. Certaines maladies, telles que le *körperschwäche*, qui se traduit par une faiblesse généralisée, ou encore le *dicke Füsse*, le diagnostic des pieds enflés, mènent directement à la mort. Pourtant, cette dernière maladie est pratiquement inévitable, car les détenus sont chaussés de sabots dont les semelles de bois sont « de véritables instruments de torture qui provoquaient au bout de quelques heures de marche des plaies douloureuses destinées à s'infecter » (p. 47). Au Lager, il y a des maux dont on ne guérit pas.

Les souffrances morales

À côté des douleurs physiques, il y a bien évidemment les souffrances morales. La sensibilité des détenus est sapée à force de « livrer bataille tous les jours et à toutes les heures contre la fatigue, la faim, le froid » (p. 142).

Le système concentrationnaire recourt sans cesse à des méthodes qui mettent à mal le psychisme et le mental des prisonniers. Par exemple, dès leur arrivée au camp, les détenus doivent attendre dans une vaste pièce, à peine chauffée, dans laquelle se trouve un robinet qu'ils ne peuvent utiliser alors qu'ils n'ont pas bu depuis quatre jours.

La torture psychologique se poursuit lors de la sélection basée sur leur capacité à travailler. Avec son caractère cérémonieux et expéditif, cette sélection est très cruelle. Les prisonniers sont conduits devant une sorte de tribunal où siègent trois hommes, lesquels respectent un rituel rigoureusement codifié. Les détenus sont parqués comme des animaux, nus, et triés selon des critères approximatifs, comme le visage, la stature ou encore la couleur de cheveux. Le processus est rapide puisqu' « une baraque de deux cents hommes est "faite" en trois ou quatre minutes, et un camp entier de douze mille hommes en un après-midi » (p. 199-200). Et, comble de l'horreur et de la perversité, les personnes qui sont jugées trop faibles et qui doivent donc se rendre dans les chambres à gaz reçoivent une double ration de soupe avec d'être exterminées afin qu'ils ne se rendent compte de rien.

La culpabilité

Le système barbare et pervers mis en place par les nazis fait naître chez des innocents un fort sentiment de culpabilité. D'emblée, les Allemands mettent les prisonniers dans des situations insupportables. Les SS font par exemple porter aux détenus la responsabilité de la mort des uns et des autres, comme en témoigne cette consigne : « Destination inconnue. Ordre de se préparer pour un voyage de quinze jours. Pour tout juif manquant à l'appel, on en fusillerait dix. » (p. 14)

Prenant connaissance de tous ces éléments, le lecteur peut s'étonner de l'absence d'évasion ou de rébellion dans les baraquements. Mais s'évader est difficile et dangereux puisque les détenus sont physiquement affaiblis, et ceux qui tentent tout de même leur chance et se font prendre sont pendus publiquement.

Tout au long de l'expérience des camps, les survivants se sentent coupables d'être en vie et s'interrogent sur le fait de ne pas subir le même sort que leurs camarades :

> « René par exemple, si jeune et si robuste, on l'a fait passer à gauche : peut-être parce qu'il a des lunettes, peut-être parce qu'il marche un peu courbé comme les myopes, mais plus probablement par erreur : René est passé devant la commission juste avec moi, il pourrait bien s'être produit un échange de fiche. » (p. 200)

L'absence de toute croyance

Croire en Dieu, c'est d'abord croire en un ordre du monde et au principe du bien. Or à Auschwitz ne règnent que l'absurdité et le mal. Mais croire c'est aussi espérer, ce qui leur est totalement impossible : « [...] au Lager, on perd l'habitude d'espérer, et on en vient même à douter de son propre jugement. » (p. 268)

Pour Primo Levi, Dieu et la prière n'ont pas leur place dans ce monde concentrationnaire. Il l'affirme à la fin du chapitre 14, lorsque le vieux Kuhn, un codétenu, remercie Dieu d'avoir échappé à la sélection :

> « Est-ce qu'il ne comprend pas que ce qui a eu lieu aujourd'hui est une abomination qu'aucune prière propitiatoire, aucun pardon, aucune expiation des coupables, rien enfin de ce que l'homme a le pouvoir de faire ne pourra jamais plus réparer ? Si j'étais Dieu, la prière de Kuhn, je la cracherais par terre. » (p. 202)

Même après son retour à la vie normale, Levi rejette toute forme de croyance : « Aujourd'hui je pense que le seul fait qu'un Auschwitz ait pu exister devrait interdire à quiconque, de nos jours, de prononcer le mot Providence [...]. » (p. 246) L'idée qu'une abomination telle qu'Auschwitz ait pu exister rend pour lui l'existence de Dieu impossible : « Il y a Auschwitz et il y a Dieu. Je ne trouve pas de solution au dilemme. » (REGNIER (Thomas), « Primo Levi : En deçà du bien et du mal », in *Magazine littéraire*, n° 438, janvier 2005, p. 51)

STYLE ET ÉCRITURE

UN RÉCIT-TÉMOIGNAGE

> « J'ai écrit de la manière la plus naturelle, en choisissant délibérément un langage… pas trop sonore. Ce que j'avais à dire avait en soi suffisamment de force pour supporter un style médian, de manière que l'écriture, le son des mots, n'écrase jamais le contenu. […] Il n'y avait pas besoin de souligner l'horreur. L'horreur est là. […]

> Je dirais que c'est un document réfléchi, après coup. Un roman, certainement pas. Cela me dérangerait qu'on l'appelle ainsi : un roman, c'est inventé et puis c'est romantique. » (Ford (Deborah) et Nemes (Charles), *Primo Levi, un écrivain contre l'oubli*, 1993, cité par Parrau (Alain), *Écrire les camps*, Paris, Éditions Belin, 1995, p. 286)

Dans cet extrait, Levi livre au lecteur la manière dont il perçoit son écriture et son œuvre. *Si c'est un homme* est davantage un récit-témoignage qui relate l'expérience d'un homme pendant une période déterminée qu'un véritable roman. Au fil des pages, l'auteur invite le lecteur à se souvenir et à apprendre. Il s'appuie sur son expérience et sa sincérité pour tenter de rendre la réalité des camps, tout en sachant qu'il ne peut se montrer totalement objectif. En effet, l'écriture de soi est, par essence, subjective du fait du fonctionnement même de la mémoire. Une ambiguïté existe entre la bivalence du « je » qui est à la fois le narrateur-personnage principal et l'écrivain qui s'exprime au présent. L'objectivité est d'autant plus difficile à atteindre que Levi raconte ce qu'il a vécu à Auschwitz des années plus tard.

Primo Levi a donc réalisé un travail de mémoire et, pour exprimer ses souvenirs, il emploie un langage au plus près de la réalité et du modèle scientifique. Le style est bel et bien marqué par la précision et la rigueur, et son ami, le romancier Ferdinando Camon, souligne également cette idée :

> « La force, l'importance du témoignage de Levi, est accentuée par le fait qu'il observait, racontait, mais ne jugeait pas, n'expliquait pas. C'était un chimiste… Et le chimiste se contente d'étudier les réactions des différents éléments mis en contact. » (REGNIER (Thomas), « Primo Levi : En deçà du bien et du mal », *op. cit.*, p. 51).

Ce souci d'exactitude scientifique se manifeste à plusieurs reprises. L'auteur pointe en effet d'innombrables détails, qui pourraient sembler insignifiants, mais qui deviennent de véritables problèmes au Lager, comme notamment les ongles qui poussent. En outre, il se place en observateur qui, même s'il a vécu les événements dont il fait état, tente de se détacher du singulier pour dépeindre une expérimentation sociologique et morale touchant l'homme en général. Le « je » du narrateur devient le « nous » ou le « on » de l'humanité souffrante.

UNE TEMPORALITÉ MISE À MAL

Dans *Si c'est un homme*, Primo Levi décrit la topographie du camp, ce qui permet au lecteur de découvrir le Lager à travers les yeux du narrateur. Si le lieu est précis, la temporalité est, quant à elle, assez floue. Le temps ne s'écoule pas au rythme de la vie courante. Le présent s'éternise alors que l'avenir et le passé semblent abolis : « Mais pour nous, les heures, les jours et les mois n'étaient qu'un flux opaque qui transformait, toujours trop lentement, le futur en passé [...] Pour nous, l'histoire s'était arrêtée. » (p. 181-182)

Les frontières temporelles sont donc brouillées pour plusieurs raisons :

- le temps présent semble s'éterniser puisque les prisonniers ne connaissent pas la durée de leur détention. Les journées au Lager sont marquées par la monotonie : « Les jours se ressemblent tous et il n'est pas facile de les compter. » (p. 59) ;
- les notions d'âge et de durée n'ont plus de sens, car la vie au camp est courte et fastidieuse. Primo Levi est par conséquent rapidement considéré comme un ancien, car bon nombre de ses compagnons ont déjà disparu : « Au mois d'août 1944, nous qui étions arrivés cinq mois auparavant, nous comptions déjà parmi les anciens. » (p. 180) ;
- le futur est inexistant. Seul compte le présent immédiat et proche. Les détenus déshumanisés ont comme principale préoccupation le fait de se nourrir : « Il y a des mois ou des années que la perspective d'un lointain avenir a perdu pour eux [les anciens détenus] toute forme précise et tout intérêt face aux problèmes bien plus urgents et concrets du futur proche. » (p. 50) ;
- le passé est également absent des préoccupations. En effet, se le remémorer est un handicap pour celui qui veut survivre au Lager, car il est trop douloureux de se souvenir : « Les souvenirs du monde extérieur peuplent notre sommeil et notre veille, nous nous apercevons avec stupeur que nous n'avons rien oublié, que chaque souvenir évoqué surgit devant nous avec une douloureuse netteté. » (p. 81)

UNE DOUBLE STRUCTURE

Les 17 chapitres sont agencés selon une structure double : l'une est chronologique, l'autre est à rapprocher du monde théâtral.

Le classement chronologique des chapitres est clairement donné. Dès la première phrase du chapitre 1, Levi utilise une notation temporelle précise : le 13 décembre 1943. On apprend par la suite que l'auteur est arrivé dans le camp de Monowitz à la fin du mois de janvier 1944. Ensuite, à mesure que le temps passe et que les repères des prisonniers s'effacent, on ne trouve plus que des indicateurs temporels imprécis, tels qu' « au bout de vingt jours » (p. 83). Aux chapitres 12 et 13, la temporalité est à nouveau plus précise : l'auteur fait mention du mois d'août 1944 (p. 180) et puis du mois d'octobre 1944 (titre du chapitre 13). Par cette technique d'écriture, le lecteur peut sentir que l'étau se resserre pour les Allemands, et que les Russes se rapprochent de plus en plus. Enfin, dans le dernier chapitre, Levi utilise des indicateurs temporels encore plus précis puisqu'il raconte les faits jour après jour, ceux ayant lieu du 18 au 27 janvier 1945. En donnant à certains moment des dates exactes, Primo Levi souhaite insister sur les moments forts de sa vie au Lager.

Si c'est un homme contient également une structure qui relève du théâtre. L'auteur s'y réfère explicitement à plusieurs reprises. Il parle ainsi du « deuxième acte » (p. 28) et du « dernier acte » (p. 213). Tout au long du récit, Primo Levi se place dans la posture du spectateur qui assiste tantôt à « quelque drame extravagant [...] où défilent sur scène les sorcières, le Saint Esprit et le démon » (p. 31), tantôt à une bataille qui met en scène des détenus qui peu à peu recommencent à penser et à agir, alors qu'ils étaient devenus des hommes dociles et éteints.

L'INTERTEXTUALITÉ

Dans son témoignage, Levi utilise bon nombre de références litté-raires telles que la Bible et *La Divine Comédie* de Dante. L'une des premières références explicites faites à la Bible est visible dans le

nom donné par les détenus à la tour de garde qu'ils ont construite :
Babelturn puisque « c'est la haine qui les [briques] a cimentées ;
la haine et la discorde, comme la Tour de Babel. » (p. 110)

Dante apparaît également comme une figure importante pour Primo
Levi puisqu'il fait de nombreuses allusions à cet auteur dans son
livre, et ce de manière presque inconsciente dès les premières pages.
On peut ainsi trouver des parallèles entre le chant III et le récit qui
raconte son arrivée à Auschwitz. Le soldat allemand qui escorte les
nouveaux arrivants leur demande en effet de lui céder leurs biens
personnels de façon polie, sans crier « gare à vous, âmes noires »
(p. 25), expression tirée de la *Divine Comédie*. Peu après, l'un des nazis
est explicitement identifié au passeur des âmes dans l'au-delà de la
mythologie grecque, qui est repris dans l'œuvre de Dante : « Ce n'est
ni un ordre ni une consigne réglementaire : on voit bien que c'est une
petite initiative personnelle de notre Charon. » (p. 25)

En outre, lorsqu'il arrive au camp, l'inscription « *Arbeit macht frei* »
mentionnée au-dessus de la porte ne manque pas de rappeler le vesti-
bule de l'Enfer, plus précisément la porte de la cité dolente au-dessus
de laquelle sont écrits les neuf premiers vers du chant III, le plus
célèbre étant celui-ci : « Vous qui entrez laissez toute espérance. »
(DANTE, *L'Enfer*, Paris, Flammarion, 1985, vers 78, p. 47) Le début
du deuxième chapitre de *Si c'est un homme*, intitulé « Le fond »,
développe un parallèle implicite entre le franchissement du seuil de
l'Enfer et l'entrée à l'intérieur du camp, où les détenus sont entassés
dans une vaste pièce dans laquelle se trouve un robinet. Alors que
les hommes ont très soif, un écriteau accroché au-dessus du robinet
annonce qu' « il est interdit de boire parce que l'eau est polluée »
(p. 26). À ces mots, seule l'image de l'Enfer vient à l'esprit de Primo
Levi pour décrire sa situation : « C'est cela, l'enfer. Aujourd'hui,
dans le monde actuel, l'enfer ce doit être cela : une grande salle vide,
et nous qui n'en pouvons plus d'être debout, et il y a un robinet qui

goutte avec de l'eau qu'on ne peut pas boire. » (p. 26-27) Cet extrait peut être mis en parallèle avec l'œuvre dantesque, lorsque dans le chant XXX de « L'Enfer », l'un des jugés implore en vain « une goutte d'eau » (vers 63-68, p. 273-275).

Mais c'est dans le 11e chapitre, « Le chant d'Ulysse », que Levi intègre véritablement l'œuvre de Dante sans son récit. En voulant enseigner l'italien à son ami Jean le Pikolo, Levi commence par réciter la scène du voyage d'Ulysse, raconté dans le chant XXVI. Il traduit ensuite l'extrait en français pour tenter de lui communiquer toute sa force. Le détenu semble fasciné par la ténacité d'Ulysse qui tente de surmonter toutes les difficultés, car à Auschwitz, la volonté de survivre est quotidiennement mise à l'épreuve.

LA RÉCEPTION DE
SI C'EST UN HOMME

Si, aujourd'hui, Primo Levi est unanimement reconnu comme un écrivain phare de la littérature concentrationnaire, il n'en a pas toujours été ainsi. Jusqu'au début des années soixante, les écrits de Levi n'ont qu'un faible écho.

Rappelons que le manuscrit de *Si c'est un homme* a été refusé par plusieurs éditeurs italiens. De nombreuses raisons liées à la mentalité de l'époque rendent la parution d'un tel roman difficile en 1947. Dans l'immédiat après-guerre, personne ne veut entendre parler des camps de concentration et des horreurs qui y ont été commises. Levi n'est d'ailleurs pas le seul écrivain à voir ses textes refusés. De plus, on connaît très peu de choses sur les camps d'extermination, même au sein de la communauté juive, et écrire sur la déportation fait peur. Pour terminer, l'Italie, où vit Primo Levi, est un pays qui vient tout juste de sortir de plus de 20 ans de domination fasciste. Dès lors, nombreux sont ceux qui ne tiennent pas à ce qu'on leur rappelle la dictature qui a meurtri leur pays durant tant d'années.

Mais des critères d'ordre esthétique interviennent également dans ce choix. Les différents éditeurs contactés par Levi trouvent que ce dernier se réfère trop souvent à des écrivains classiques qui ne sont plus lus par ses contemporains. Le fait, par exemple, de citer Dante classe Levi dans la catégorie des écrivains scolaires qui ne parviennent pas à s'émanciper des anciens auteurs et donc de ce qui a déjà été écrit. En outre, l'œuvre se révèle difficilement classable et se voit rangée dans le néoréalisme, un courant littéraire qui s'est développé dans les années quarante, parallèlement au cinéma italien, sans pour autant avoir l'homogénéité de ce dernier. Il s'agit d'un mouvement dans lequel on trouve une littérature de témoignages dans laquelle les buts moraux et politiques se mêlent à la nécessité de témoigner dans un souci pédagogique. Ce nouveau courant englobe donc toute une série d'œuvres sur la Seconde Guerre mondiale et sur l'écroulement du fascisme. Levi entre par conséquent dans ce registre puisqu'il témoigne de sa propre déportation en Pologne. En outre, on lui reproche d'évoquer, sans recherche de sensationnel et sans héroïsation, des événements qui se sont déroulés trop loin de l'Italie.

Après cinq refus, le livre est finalement accepté par une petite maison d'édition de Turin. Le 11 octobre 1947, un mois après le mariage de Levi avec Lucia Morpurgo, le livre paraît enfin. Malheureusement, le bruit s'est répandu à Turin que la grande maison Einaudi a refusé le manuscrit, ce qui a un effet négatif sur les ventes. En outre, les critiques parues dans la presse italienne expriment pour la plupart des opinions modérées ainsi qu'une interrogation sur le genre littéraire envisagé par l'auteur. La difficulté à classer Levi a desservi ce dernier. Deux critiques se montrent toutefois élogieuses : l'une émane du grand critique piémontais Arrigo Cajumi, et l'autre de l'écrivain Italo Calvino. Le premier définit Primo Levi comme « un écrivain-né » qui a atteint naturellement l'art. Italo Calvino, pour sa part, salue la sortie d'un « livre splendide ». Mais les ventes peinent à décoller : à la fin de l'année 1947, seuls 1 500 exemplaires de *Si c'est un homme* sont vendus. Au vu de ces chiffres, Levi abandonne au début de l'année 1948 son projet de devenir écrivain professionnel pour retourner à temps plein à la chimie, sa femme étant enceinte.

Il faudra attendre quelques années pour qu'enfin émerge une sensibilité à la terreur des camps de concentration : le témoignage sur le Lager, après tant d'années de silence forcé, ne supporte plus d'être ni fermé ni enfermé. Et, c'est en 1958 que *Si c'est un homme* trouve sa place chez Einaudi après quelques remaniements demandés par l'éditeur.

En 1958, *Si c'est un homme* se vend mieux que lors de la première parution, mais les ventes baissent entre 1961 et 1962. Il faut attendre 1963, date à laquelle Levi publie *La Trêve*, pour que son premier roman rencontre enfin un véritable succès. En 1966, Levi réalise une adaptation théâtrale de *Si c'est un homme*. Depuis lors, il est traduit en plusieurs langues, et est mondialement reconnu comme une référence de la littérature concentrationnaire.

BIBLIOGRAPHIE

SOURCES BIBLIOGRAPHIQUES

- LEVI (Primo), *Si c'est un homme*, traduit de l'italien par Schruoffeneger (Martine), Paris, Pocket, 2005, 314 p.
- ENGEL (Vincent), *La littérature des camps : la quête d'une parole juste, entre silence et bavardage*, Louvain-la-Neuve, Les lettres romanes, 1995, 223 p.
- « La Littérature et les camps », in *Magazine littéraire*, n° 438, janvier 2005, p. 28-67.
- MESNARD (Philippe), *Primo Levi à l'œuvre. La réception de l'œuvre de Primo Levi dans le monde*, Paris, Kimé, 2008, 525 p.
- PETITJEAN (Catherine), *Primo Levi*, Bruxelles, Memogrames, 2007, 79 p.
- TOSCANI (Claudio), *Come leggere* Se questo è un uomo *di Primo Levi*, Mursia Editore, Milano, 1990, 116 p.
- VINCENTI (Fiora), *Invito alla lettura di Primo Levi*, Mursia Editore, Milano, 1983, 192 p.
- « Primo Levi … *Si c'est un homme* », in *WebLettres – Le portail de l'enseignement des lettres*, consulté le 2 juillet 2015. http://serieslitteraires.org/site/rubrique.php3 ?id_rubrique=55

SOURCES COMPLÉMENTAIRES

- ANISSIMOV (Myriam), *Primo Levi ou la tragédie d'un optimiste*, Paris, JC Lattès, 1996, 698 p.
- PARRAU (Alain), *Écrire les camps*, Paris, Éditions Belin, 1995, 384 p.

SOURCES ICONOGRAPHIQUES

- Portrait de Primo Levi. La photo reproduite est réputée libre de droits.
- Insurrection du ghetto de Varsovie. La photo reproduite est réputée libre de droits.
- Survivants du camp de concentration Mauthausen (Autriche), prise le 7 mai 1945. La photo reproduite est réputée libre de droits.
- Chaussures des victimes d'Auscwhitz. La photo reproduite est réputée libre de droits.

Éditeur responsable : Lemaitre Publishing
Avenue de la Couronne 382 | B-1050 Bruxelles
info@lemaitre-editions.com

ISBN ebook : 978-2-8062-6600-2
ISBN papier : 978-2-8062-7075-7
Dépôt légal : D/2015/12.603/452
Couverture : © Lisiane Detaille